FRED VARGAS

EDMOND BAUDOIN

DIE TOTE IM PELZMANTEL

aufbau

FRED VARGAS, GEB. 1957, VON HAUS AUS ARCHÄOLOGIN, LEBT IM PARISER STADTTEIL MONTPARNASSE. MIT IHREN ZEHN ROMANEN SEIT 1994 IST SIE HEUTE DIE KÖNIGIN DES FRANZÖSISCHEN KRIMINALROMANS UND EINE SCHRIFTSTELLERIN VON WELTRANG, ÜBERSETZT IN 40 SPRACHEN UND MIT BEDEUTENDEN NATIONALEN UND INTERNATIONALEN LITERATURPREISEN GEKRÖNT. BEI AUFBAU LIEGEN IN ÜBERSETZUNG VOR:
IM SCHATTEN DES PALAZZO FARNESE, DIE SCHÖNE DIVA VON SAINT-JACQUES, DER UNTRÖSTLICHE WITWER VON MONTPARNASSE, DAS ORAKEL VON PORT-NICOLAS, ES GEHT NOCH EIN ZUG VON DER GARE DU NORD, BEI EINBRUCH DER NACHT, FLIEHE WEIT UND SCHNELL, DER VIERZEHNTE STEIN, DIE DRITTE JUNGFRAU, VOM SINN DES LEBENS, DER LIEBE UND DEM AUFRÄUMEN VON SCHRÄNKEN, DIE SCHWARZEN WASSER DER SEINE, DAS ZEICHEN DES WIDDERS, DER VERBOTENE ORT

EDMOND BAUDOIN, JAHRGANG 1942, EINER DER POPULÄRSTEN FRANZÖSISCHEN ILLUSTRATOREN, GILT ALS VORREITER EINER GANZEN GENERATION VON COMIC-ZEICHNERN. IN DEN NEUNZIGER JAHREN ARBEITETE ER ALS EINER VON WENIGEN ERFOLGREICHEN EUROPÄISCHEN ZEICHNERN IN JAPAN FÜR DEN MANGA-GIGANTEN KODANSHA.

JULIA SCHOCH, GEB. 1974, LEBT ALS FREIE SCHRIFTSTELLERIN IN POTSDAM. 2004 STEFAN-GEORGE-PREIS FÜR ÜBERSETZER DER FRANZÖSISCHEN SPRACHE, 2005 PREIS DER JURY BEIM INGEBORG-BACHMANN-WETTBEWERB IN KLAGENFURT.

KOMMISSAR ADAMSBERG IST EIN HERVORRAGENDER ÜBERWINDER VON HINDERNISSEN. DAS MUSS AUCH DER STADTSTREICHER PI ERFAHREN, DER IN EINER KALTEN WINTERNACHT DEN MORD AN EINER PROMINENTEN JUNGEN FRAU BEOBACHTET, GEGENÜBER DER POLIZEI ABER VERDROSSEN SCHWEIGT. NICHTS GESEHEN, NICHTS GEHÖRT. AUCH IHM HILFT JA KEINER, ZUM BEISPIEL DABEI, SEINE NEUNTAUSEND SCHWÄMME ZU VERKAUFEN, DIE ER IN EINEM EINKAUFSWAGEN DURCH DIE STADT SCHIEBT. ADAMSBERG ABER FINDET DEN SCHLÜSSEL ZU SEINER VERSTOCKTEN SEELE WIE ZU SEINER MENSCHENWÜRDE UND HAT AM ENDE EINEN GENIALEN EINFALL, DER BEIDER PROBLEM LÖST.

FRED VARGAS
EDMOND BAUDOIN

DIE TOTE IM PELZMANTEL

AUS DEM FRANZÖSISCHEN VON JULIA SCHOCH
MIT EINEM NACHWORT VON KLAUS SCHIKOWSKI

aufbau

SCHLUSS, HEUTE ABEND WÜRDE ER KEINEN EINZIGEN MEHR VERKAUFEN. ZU KALT, ZU SPÄT, DIE STRASSEN HATTEN SICH GELEERT, ES WAR KURZ VOR DREIUNDZWANZIG UHR AN DER PLACE MAUBERT. DER MANN BOG NACH RECHTS AB, MIT AUSGESTRECKTEN ARMEN SEINEN WAGEN VOR SICH HERSCHIEBEND. DIESE VERDAMMTEN EINKAUFSWAGEN WAREN NICHTGERADEPRÄZISIONSINSTRUMENTE. MAN BRAUCHTE ALLERHAND KRAFT UND MUSSTE SICH VERFLUCHT GUT AUSKENNEN MIT DEM GERÄT, DAMIT ES AUF DEM RECHTEN WEG BLIEB. STÖRRISCH WIE EIN ESEL WAR ER, ER ROLLTE ZUR SEITE, WIDERSETZTE SICH. MAN MUSSTE AUF IHN EINREDEN, MUSSTE IHN ANSCHREIEN UND VORWÄRTSDRÄNGEN, ABER GENAU WIE AUF EINEM ESEL LIESSEN SICH DAMIT AUCH EINE MENGE WAREN DURCH DIE GEGEND SCHLEPPEN. STÖRRISCH, ABER LOYAL. ER HATTE SEINE EINKAUFSKARRE MARTIN GETAUFT, AUS ACHTUNG VOR ALL DER ARBEIT, MIT DER SICH FRÜHER DIE ESEL HERUMGEPLACKT HATTEN.

DER MANN STELLTE SEINEN WAGEN NEBEN EINEN PFOSTEN UND SCHLOSS IHN MIT EINER KETTE AN, AN DER ER EINE GROSSE GLOCKE BEFESTIGT HATTE. WEHE DEM MISTKERL, DER IHM SEINE LADUNG SCHWÄMME ZU KLAUEN VERSUCHTE, WÄHREND ER SCHLIEF!

DASS ER AN DIESEM TAG FÜNF VON SEINEN SCHWÄMMEN VERKAUFT HATTE, GRENZTE SCHON AN EIN WUNDER. DAMIT HATTE ER FÜNF EURO, PLUS DIE RESTLICHEN ACHT VON GESTERN. ER HOLTE SEINEN SCHLAFSACK AUS EINEM BEUTEL, LEGTE SICH AUF DEN LUFTSCHACHT DER MÉTRO UND ROLLTE SICH ZUSAMMEN. UNMÖGLICH, SICH IN DER MÉTRO AUFZUWÄRMEN, ER HÄTTE DEN EINKAUFSWAGEN OBEN ZURÜCKLASSEN MÜSSEN. WENN MAN EIN TIER HAT, MUSS MAN OPFER BRINGEN, SO IST DAS NUN MAL.

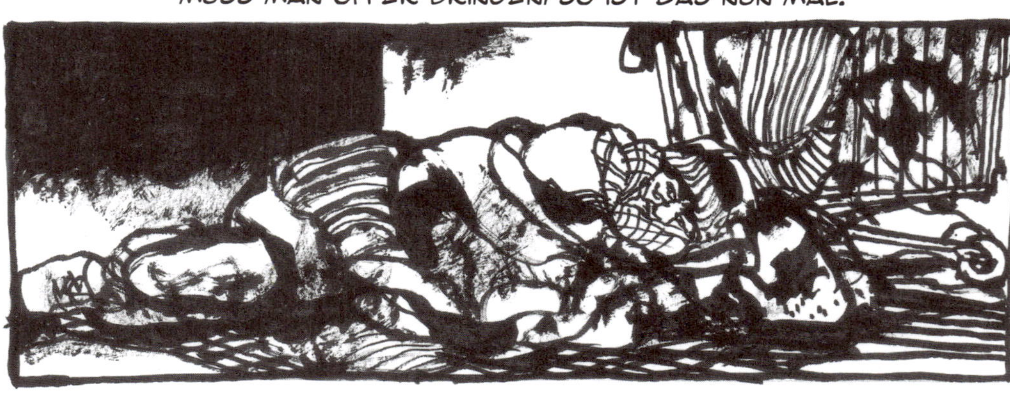

DER MANN FRAGTE SICH, OB WOHL SEIN URGROSSVATER, ALS ER MIT SEINEM ESEL VON STADT ZU STADT ZOG, GEZWUNGEN GEWESEN WAR, IN DEN DISTELFELDERN BEI SEINEM TIER ZU SCHLAFEN.

EGAL, EINEN URGROSSVATER ODER WAS AUCH IMMER DER ART, ALSO SO WAS WIE FAMILIE, HATTE ER EH NIE GEHABT. TROTZDEM DENKT MAN DRÜBER NACH. WAS TRANSPORTIERTE ALSO DER ESEL SEINES URGROSSVATERS?

SEIN MARTIN JEDENFALLS TRANSPORTIERTE SCHWÄMME, TAUSENDE. ALS ER DIE VERLASSENE SCHWAMMMINE IN EINEM HANGAR IN CHARENTON ENTDECKT HATTE, HATTE ER GEGLAUBT, ER SEI GERETTET. 9732 NATURSCHWÄMME, ER HATTE SIE GEZÄHLT, MIT ZAHLEN KANNTE ER SICH AUS, VON GEBURT AN.

EIN EURO DAS STÜCK. MACHTE 9732 EURO, EINE FATA MORGANA.

ABER IN DEN VIER MONATEN, IN DENEN ER SEINE SCHWÄMME NUN SCHON VOM HANGAR IN CHARENTON NACH PARIS BEFÖRDERTE UND MARTIN DURCH SÄMTLICHE STRASSEN DER HAUPTSTADT SCHOB, HATTE ER GENAU 512 VERKAUFT.

DOCH NIEMAND WOLLTE SIE, NIEMAND SAH SICH SEINE SCHWÄMME AN – SIE WAREN ALLER WELT SCHNUPPE.

DER MANN RECHNETE DEN PROZENTSATZ DER PARISER SCHWAMMKÄUFER AUS. ER SAH, WIE EIN TAXI AUF SEINER HÖHE STEHENBLIEB, AUS DEM EINE FRAU STIEG, MIT SEHR SCHLANKEN BEINEN, DANN IHREN MANTEL AUS WEISSEM PELZ.

SCHEISSE! DER TYP GEFÄLLT MIR NICHT!

DER SCHWAMMVERKÄUFER HATTE SICH SO FLACH WIE MÖGLICH AUF DEN LUFTSCHACHT DER METRO GEDRÜCKT. EIN BÜNDEL ALTER KLAMOTTEN, DIE JEMAND IN DER KÄLTE LIEGENGELASSEN HATTE, MEHR HATTE DER MÖRDER VON IHM NICHT GESEHEN, WENN ER IHN ÜBERHAUPT GESEHEN HATTE.

SO HATTE DIE SCHRECKLICHE UNSICHTBARKEIT, DIE OBDACHLOSEN ZUTEIL WIRD, IHM WENIGSTENS EIN MAL DAS LEBEN GERETTET.

ER NÄHERTE SICH DER FRAU UND BEUGTE SICH IN DER DUNKELHEIT ÜBER SIE.

ER KNIETE SICH HIN, HOB DIE HANDTASCHE AUF UND ÖFFNETE SIE HASTIG. IN DEN FENSTERN GINGEN LICHTER AN. ER WARF DIE TASCHE ZU BODEN UND RANNTE ZU SEINER EINKAUFSKARRE ZURÜCK. GLEICH WÜRDEN DIE BULLEN AUFKREUZEN, ES WAR NUR EINE FRAGE VON MINUTEN. FIEBERHAFT KRAMTE ER IN SEINEN TASCHEN NACH DEM SCHLÜSSEL FÜR DAS KETTENSCHLOSS.

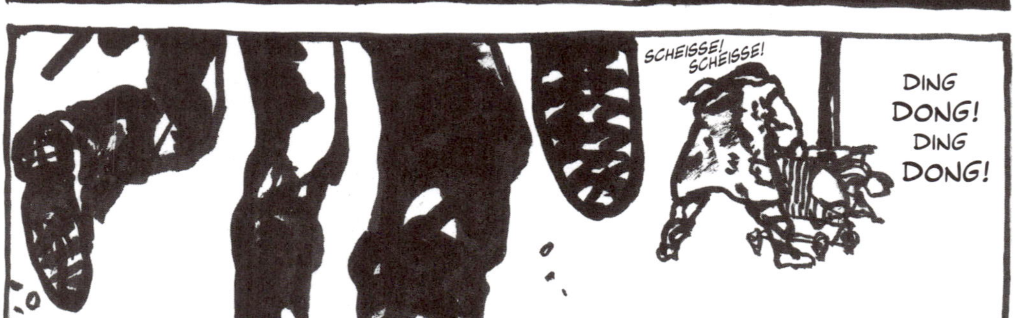

IN DER HALBEN STUNDE, DIE FOLGTE, WAR EIN GANZER HAUFEN BULLEN ÜBER IHN HERGEFALLEN. EINERSEITS WAR ER JEMAND WICHTIGES, DER EINZIGE ZEUGE DIESES BLUTBADES, UND MAN BEHANDELTE IHN RÜCKSICHTSVOLL, BEFRAGTE IHN, WOLLTE SEINEN NAMEN WISSEN. ANDERERSEITS WAR ER NICHTS WEITER ALS EIN ALTER, STÖRRISCHER HAUFEN LUMPEN, UND MAN SCHÜTTELTE IHN, DROHTE IHM.

DIE EINKAUFSKARRE WAR UNTER DEM BESORGTEN BLICK IHRES BESITZERS IM HOF DES KOMMISSARIATS ZWISCHEN ZWEI GROSSEN FAHRZEUGEN ABGESTELLT WORDEN.

DIE TELEFONE HATTEN IMMER WIEDER GEKLINGELT, MAN WAR GESCHÄFTIG HIN UND HER GERANNT, ES HATTE ALLE MÖGLICHEN ANWEISUNGEN UND BEFEHLE GEGEBEN. EIN ALLGEMEINES KLARMACHEN ZUM GEFECHT, WEIL EINE FRAU IM PELZ ABGEKNALLT WORDEN WAR. KLAR, WENN ES MONIQUE GEWESEN WÄRE, DIE FRAU VOM KIOSK, WÄREN NICHT ZEHN BULLEN VON EINEM BÜRO INS ANDERE GERANNT, ALS STÜNDE DAS GANZE LAND VOR EINER KATASTROPHE. WÄHREND MAN FÜR DIESE KLEINE FRAU, DIE NIE EINEN SCHWAMM ZUSAMMENGEDRÜCKT HATTE, DIE HALBE HAUPTSTADT GEWECKT HATTE.

HAUPTKOMMISSAR JEAN-BAPTISTE ADAMSBERG, SO HATTE SICH DER BULLE VORGESTELLT.

UND NUN SCHAUTE DER BULLE IHN AN. ALS WÜRDE ER VERSUCHEN, SEIN GANZES LEBEN ZU ERRATEN, OHNE IHN IRGENDETWAS ZU FRAGEN.

SOLLTE ES „PIERRE" HEISSEN?
ES IST NUR „PI" ÜBRIGGEBLIEBEN. VIELLEICHT HATTE MEINE MUTTER JA „PI" GESCHRIEBEN.
GUT, ALSO PI.
PI, LEBEN SIE SCHON LANGE DRAUSSEN?
FRÜHER WAR ICH MESSERHÄNDLER, DA ZOG ICH VON STADT ZU STADT. DANACH HAB ICH PLANEN VERKAUFT, FLECKENWASSER, LUFTPUMPEN, LEINENSOCKEN. MIT NEUNUNDVIERZIG JAHREN SASS ICH AUF DER STRASSE, MIT EINEM VORRAT AN WASSERDURCHTRÄNKTEN TAUCHERUHREN.
DAS IST JETZT DER ZEHNTE WINTER.
GIBT GERADE EINEN ZIEMLICHEN STUNK, ODER?
SIE KÖNNEN SICH GAR NICHT VORSTELLEN, WAS FÜR EINEN STUNK. ALLES HÄNGT VON IHNEN AB, VON DEM, WAS SIE UNS ERZÄHLEN.
GÄBE ES AUCH SOLCHEN STUNK, WENN'S MONIQUE WÄRE?
WER IST MONIQUE?

MONIQUE!
DIE FRAU VON MEINEM KIOSK. SIE LÄSST MICH IMMER DIE NEUESTEN NACHRICHTEN LESEN.
JEDEN MORGEN. ICH DARF DIE ZEITUNG NUR NICHT AUSEINANDERFALTEN. DESHALB KENNE ICH VON DER WELT NUR DIE EINE HÄLFTE UND DRINGE NIEMALS INS HERZ VOR.
SIE HABEN RECHT.
BEI MONIQUE WÄRE ES DURCHAUS NICHT DASSELBE. ES GÄBE EINEN ABSOLUT BESCHEIDENEN STUNK, MIT EINER HÜBSCHEN KLEINEN ERMITTLUNG.

UND ES WÜRDEN AUCH NICHT ZWEIHUNDERT TYPEN DARAUF WARTEN, ZU ERFAHREN, WAS SIE GESEHEN HABEN.
SIE HAT MICH NICHT GESEHEN.
SIE?
DIE FRAU IM PELZMANTEL. SIE IST UM MICH RUMGELAUFEN WIE UM EINEN HAUFEN LUMPEN. SIE HAT MICH NICHT MAL GESEHEN. WIESO SOLLTE ICH SIE ALSO GESEHEN HABEN? WIE DU MIR, SO ICH DIR.
SIE HABEN SIE NICHT GESEHEN?
NUR EINEN HAUFEN WEISSEN PELZ.

IHRE FINGERABDRÜCKE SIND AUF IHRER HANDTASCHE. DIE HABEN SIE AUFGEHOBEN.
ICH HAB NICHTS RAUS-GENOMMEN.
ABER SIE HABEN SICH IHR NACH DER SCHIES-SEREI GENÄHERT. SIE HABEN NACH-GESEHEN.
JA UND? SIE IST AUS EINEM TAXI GESTIEGEN, IST UM MEINEN LUMPENHAUFEN RUMGELAUFEN, DANN IST EIN TYP IN EINER KARRE GEKOMMEN, HAT DREI MAL IN DEN PELZ-HAUFEN GESCHOSSEN, UND FERTIG. SONST HAB ICH NICHTS GESEHEN.

ADAMSBERG STAND AUF UND GING IM ZIMMER UMHER.

ADAMSBERG NICKTE, UND PI ZOG EINE ZIGARETTE AUS SEINER JACKENTASCHE.

ES IST JEMAND WICHTIGES, STIMMT'S?
JEMAND VON GANZ DA OBEN, SAGTE ADAMSBERG UND HOB DEN ZEIGEFINGER. AUS DEN KREISEN DES INNENMINISTERIUMS. DAHER AUCH DER STUNK.
TJA, IS' ABER NICHT MEINER, SAGTE PI IN HERAUSFORDERNDEM TON. DAS MINISTERIUM IST MIR SCHEISSEGAL, UND SCHEISSEGAL IST MIR AUCH, OB'S BEI DENEN STUNK GIBT ODER NICHT. HAB SELBER WELCHEN, NÄMLICH WIE ICH 9732 SCHWÄMME LOSKRIEGE. UND UM MEINE SCHWÄMME SCHERT SICH KEIN MENSCH. KEINER HILFT MIR DAMIT. UND KEINER VON DENEN DA GANZ OBEN FRAGT SICH, WIE ICH'S ANSTELLEN KÖNNTE, MIR ÜBERN WINTER NICHT DIE EIER ABZUFRIEREN. UND ICH SOLL DENEN HELFEN? SOLL IHREN JOB MACHEN UND SIE SCHÜTZEN? WER HAT DENN HIER DIE SCHWÄMME AM HALS, DIE ODER ICH?
BESSER, MAN HAT 9732 SCHWÄMME AM HALS ALS DREI KUGELN IM LEIB.

NA, DA WÄR ICH MIR AN MANCHEN ABENDEN NICHT SO SICHER. SOLL ICH IHNEN WAS SAGEN, KOMMISSAR? JA, ICH HAB WAS GESEHN. JA, ICH HAB GESEHN, WIE DER KERL GESCHOSSEN HAT, JA, ICH HAB SEINE KARRE GESEHN!
ICH WEISS BEREITS, DASS DU ALL DAS GESEHEN HAST, PI.
ACH JA?
JA. WENN MAN AUF DER STRAS-SE LEBT, ACHTET MAN AUF ALLES, WAS SICH NÄHERT, VOR ALLEM, WENN MAN AM EINSCHLAFEN IST.
TJA, SIE WERDEN DENEN DA GANZ OBEN SAGEN, DASS PI TOUSSAINT SCHWÄMME VERKAUFEN MUSS UND WAS ANDERES ZU TUN HAT, ALS FRAUEN IN WEISSEM MANTEL AUS DER PATSCHE ZU HELFEN!
UND EINFACH NUR FRAUEN?
DAS IST NICHT EIN-FACH NUR EINE FRAU.

DIE HÄNDE IN DEN TASCHEN, LIEF ADAMSBERG DURCHS ZIMMER UND BLIEB VOR PI STEHEN.

UND DESHALB BIST DU GENAUSO BLÖD WIE DIE ANDEREN.
ABER ICH GLAUB GAR NICHTS, SCHEISSE, MANN.
DOCH. DU GLAUBST, DIESE FRAU SEI WICHTIG, WICHTIGER ALS DU, ALSO SCHWEIGST DU. ICH ABER SPRECHE HEUTE ABEND NUR VON EINER FRAU, DIE STERBEN WIRD, UND VON NICHTS ANDEREM.
QUARK.
JEDES LEBEN IST GLEICH VIEL WERT, OB'S DIR NUN PASST ODER NICHT. IHRS, DEINS, MEINS UND MONIQUES. DAS MACHT IMMERHIN SCHON VIER. FÜGST DU NOCH DIE ÜBRIGEN SECHS MILLIARDEN HINZU, HAST DU DIE EINZIGE ZAHL, DIE ZÄHLT.
ALLES QUARK. NICHTS ALS IDEEN.
VON IDEEN LEBE ICH.
TJA, UND ICH LEBE VON SCHWÄMMEN.
DAS STIMMT NICHT.
PI VERSTUMMTE, UND ADAMSBERG SETZTE SICH WIEDER AN SEINEN TISCH. NACH MEHREREN MINUTEN DES SCHWEIGENS STAND ER WIEDER AUF.
KOMM, WIR GEHEN EIN STÜCK.

SIE VERLASSEN DAS BÜRO.

AUF DEM MENSCHENLEEREN BAHNSTEIG DER STATION CARDINAL-LEMOINE, RICHTUNG AUSTERLITZ, GING ADAMSBERG SCHWEIGEND MIT LANGSAMEN SCHRITTEN, DEN KOPF GESENKT, UND PI, SCHNELLER, VERSUCHTE SICH SEINEM RHYTHMUS ANZUPASSEN, DENN DIESER BULLE, WENNGLEICH BULLE UND FEST ENTSCHLOSSEN, DAS LEBEN DER FRAU IM MANTEL ZU RETTEN, WAR TROTZ ALLEM EIN TYP, BEI DEM MAN IN GUTER GESELLSCHAFT WAR. UND GESELLSCHAFT IST DAS, WAS MAN AM SELTENSTEN HAT, WENN MAN SEINEN EINKAUFS-WAGEN VOR SICH HERSCHIEBT. ADAMSBERG BEOBACHTETE EINE MAUS, DIE ZWISCHEN DEN SCHIENEN HERUMHUSCHTE.

ADAMSBERG ZUCKTE DIE SCHULTERN.

ADAMSBERG BLIEB STEHEN.
UND WAS BRINGT DAS?, FRAGTE ER ERNSTHAFT INTERESSIERT.

PI SCHÜTTELTE DEN KOPF.

SIE HABEN KEINEN SCHIMMER, WAS ICH ALLES WEISS. WEIL, DAS MIT DEM PI FUNKTIONIERT BEI JEDEM KREIS. EIN GRIECHE HAT ES VOR URZEITEN RAUSGEKRIEGT. DIESE GRIECHEN WAREN ECHTE SCHLAUKÖPFE. DEINE UHR, WILLST DU DEN KREISUMFANG DEINER UHR WISSEN, FALLS ES DICH GELEGENTLICH INTERESSIERT? DEIN WEINGLAS, FALLS DU WISSEN WILLST, WELCHEN KREISUMFANG DU GETRUNKEN HAST? DAS RAD VON DEINEM EINKAUFSWAGEN, DER UMFANG DEINES KOPFES, DER STEMPEL VOM RATHAUS, DAS LOCH IN DEINEM SCHUH, DAS INNERE VOM GÄNSEBLÜMCHEN, DER FLASCHENBODEN, DAS EIN-EURO-STÜCK? DIE WELT BESTEHT AUS LAUTER KREISEN. HABEN SIE SCHON MAL DARÜBER NACHGEDACHT? TJA, ALSO ICH, PI, KENNE SIE ALLE, DIESE KREISE. LOS, TESTEN SIE MICH RUHIG, WENN SIE MIR NICHT GLAUBEN.
DAS GÄNSEBLÜMCHEN?

MIT DEN BLÜTENBLÄTTERN ODER BLOSS DAS GELBE IN DER MITTE?
NUR DIE MITTE.
Ich liebe dich, ein bisschen, sehr, wahns
ZWÖLF KOMMA ZWEI VIER MILLI-METER. DAS WÄRE ABER SCHON EIN ZIEMLICH GROSSES GÄNSE-BLÜMCHEN.

PI MACHTE EINE PAUSE, DAMIT DIE INFORMATION IN IHRER VOLLEN BEDEUTUNG GEWÜRDIGT WERDEN KONNTE. JA, FING ER WIEDER AN UND NICKTE. DAS IST MEIN SCHICKSAL. UND WAS IST WOHL DER GRÖSSTE KREIS, DER ALLERLETZTE KREIS?

ADAMSBERG BRACHTE PI ZU EINEM KLEINEN HOTEL, DAS DREI STRASSEN VOM KOMMISSARIAT ENTFERNT LAG. GEMÄCHLICH KEHRTE ER IN SEIN BÜRO ZURÜCK.

DORT WARTETE SEIT EINER HALBEN STUNDE EIN ABGESANDTER DES MINISTERIUMS AUF IHN, SICHTLICH VERÄRGERT. ADAMSBERG KANNTE IHN, ES WAR EIN JUNGER, BRILLANTER KERL, EIN STREITSÜCHTIGER JÄMMERLING. ICH HABE DEN ZEUGEN BEFRAGT, SAGTE ADAMSBERG UND LEGTE SEINE JACKE ZUSAMMENGEKNAUTSCHT AUF EINEN STUHL.

WIR HABEN KEINE ZEIT FÜR SPÄSSCHEN, ICH DACHTE, DAS HÄTTE MAN IHNEN DEUTLICH GESAGT?
DER TYP IST SCHWIERIG, UND ER HAT GRÜNDE, ES ZU SEIN. ABER ER WEISS EINE MENGE.
DIE ZEIT DRÄNGT, KOMMISSAR, UND ICH HABE ANWEISUNGEN. HAT MAN IHNEN NICHT BEIGEBRACHT, DASS JEDER „SCHWIERIGE" TYP SICH IN WENIGER ALS EINER VIERTELSTUNDE WEICHKLOPFEN LÄSST?
DOCH, HAT MAN.
WORAUF WARTEN SIE DANN NOCH?
DASS ICH ES VERGESSE.

SIE WISSEN, DASS ICH IHNEN DEN FALL ENTZIEHEN KANN?
SIE WERDEN IHN JEDENFALLS NICHT ZUM REDEN BRINGEN, INDEM SIE IHM EINE VERPASSEN.

DER UNTERSTAATSSEKRETÄR STELLTE SEINE FAUST AUF DEN TISCH.
WIE DANN?

„DAS WÜRDE NICHT HINHAUEN", SAGTE ADAMSBERG RUHIG. „ER WILL SEINE SCHWÄMME VERKAUFEN. ER SELBST."
DER UNTERSTAATSSEKRETÄR BEUGTE SICH ZU ADAMSBERG VOR. „SAGEN SIE, KOMMISSAR, BEREITEN IHNEN DIE SCHWÄMME VON DIESEM KERL VIELLEICHT MEHR SORGEN ALS DER SCHUTZ ..."
„... VON 4.21", BEENDETE ADAMSBERG DEN SATZ. „DAS IST IHR CODENAME HIER. IHREN RICHTIGEN NAMEN SPRECHEN WIR NICHT AUS."
„JA, IST AUCH BESSER SO", SAGTE DER UNTERSTAATSSEKRETÄR UND SENKTE PLÖTZLICH DIE STIMME.
„ICH HABE DA SO ETWAS WIE EINE LÖSUNG", SAGTE ADAMSBERG. „FÜR DIE SCHWÄMME UND FÜR 4.21."
„DIE FUNKTIONIEREN KÖNNTE?"
ADAMSBERG ZÖGERTE. „VIELLEICHT. ICH WERDE MIT DIESER IDEE EIN WEILE HERUMLAUFEN."

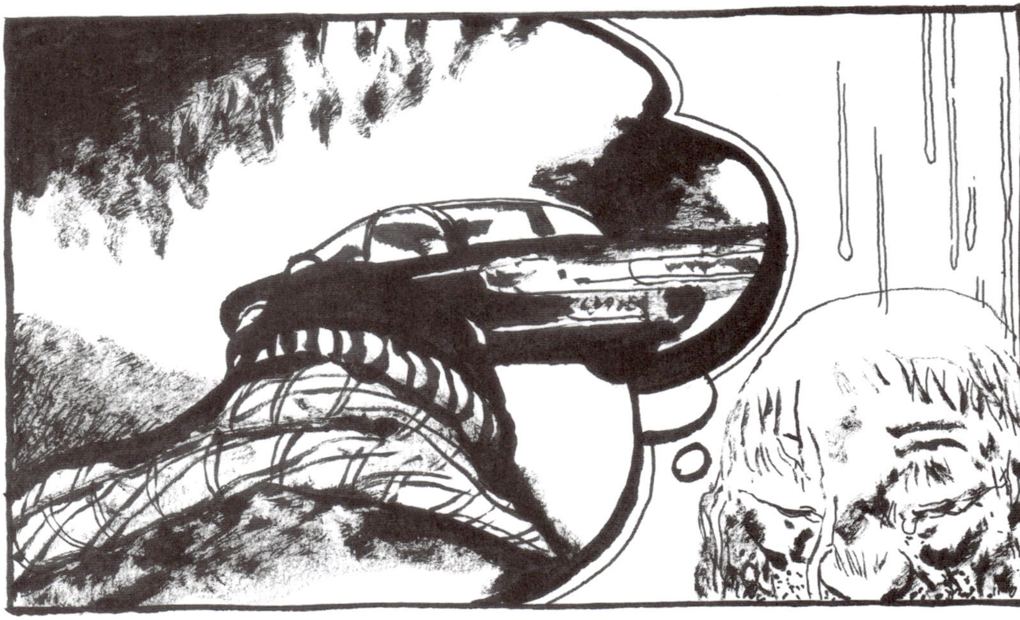

UM HALB ACHT UHR MORGENS KLOPFTE DER KOMMISSAR AN DIE TÜR DES ZIMMERS VON PI TOUSSAINT. DER SCHWAMM-VERKÄUFER WAR SCHON AUF DEN BEINEN, UND SIE GINGEN IN DIE BAR DES HOTELS HINUNTER.

ADAMSBERG SCHENKTE KAFFEE EIN, REICHTE IHM DEN BROTKORB.

IN MEINEM ZIMMER GAB'S EINE MORDSDUSCHE. DER STRAHL HATTE SECHSUNDZWANZIG ZENTIMETER KREISUMFANG AN DER WURZEL. DAS KANN EINEN GANZ SCHÖN UMPEITSCHEN. WIE GEHT'S IHR?
WEM?

NA, 4.21.
SIE WIRD'S SCHAFFEN. SIE WIRD VON FÜNF BULLEN BEWACHT. SIE HAT EIN PAAR WORTE GESAGT, ABER SIE ERINNERT SICH AN NICHTS.
DER SCHOCK.
RESTA
JA.
HEUTE NACHT BIN ICH AUF EINE ART IDEE GEKOMMEN.
UND ICH HAB EINE ART LEISTUNG ERBRACHT.

PI BISS IN SEIN BRÖTCHEN, KRAMTE DANN IN SEINER HOSENTASCHE. ER LEGTE EINEN ZWEIFACH GEFALTETEN ZETTEL AUF DEN TISCH.

KEINE URSACHE.
DANKE, PI.
ICH GEHE KURZ TELEFONIEREN.

EIN PAAR MINUTEN SPÄTER KAM ADAMSBERG AN DEN TISCH ZURÜCK.

PI VERZOG DAS GESICHT UND NAHM EINEN GROSSEN SCHLUCK KAFFEE.

NICHT MEHR NÖTIG. JETZT HABEN SIE DIE INFOS JA. WAR'S EIN GUTER EINFALL?
EIN ETWAS SELTSAMER.
EIN BULLENTRICK?
EIN MENSCHLICHER TRICK: GIB IHNEN IRGENDWAS ALS GEGEN-LEISTUNG FÜR DEN EURO.

NA, DIE KRIEGEN DOCH DEN SCHWAMM! SAGEN SIE MAL, HALTEN SIE MICH FÜR EINEN BETRÜGER?
SIE SIND VERFAULT, DEINE SCHWÄMME.

WAS MACHT MAN SCHON GROSS DAMIT? MAN QUETSCHT SIE IN DRECK-WASSER ZUSAMMEN. NICHT GERADE ZU BENEIDEN, SO EIN SCHWAMM.
DU GIBST DEN SCHWAMM UND NOCH ETWAS ANDERES.

PI RUNZELTE DIE STIRN.

UND WAS BRINGT IHNEN DAS, WOLLEN SIE MIR DAS SAGEN?
ES VERSCHAFFT IHNEN EIN BISSCHEN LEBEN. DAS IST DOCH SCHON MAL WAS.
WEIL DIE LEUTE DAS NICHT HABEN?
NICHT SO SEHR, WIE DU GLAUBST.
ICH KANN MICH NICHT ENTSCHEIDEN, OB'S EINE KOMPLETT BLÖDE IDEE IST ODER NICHT.
ICH AUCH NICHT.
GLAUBEN SIE, ICH KÖNNTE AUCH MEINEN NAMEN DRAUFSCHREIBEN? WENN DIE MAUER FERTIG IST?
WENN DU LUST DAZU HAST. ABER AUCH DU MUSST DEN SCHWAMM BEZAHLEN. DAS IST DER DREH DABEI.
NATÜRLICH. HALTEN SIE MICH ETWA FÜR EINEN SCHWINDLER?

PI DACHTE WEITER NACH, WÄHREND ADAMSBERG SEINE JACKE ÜBERZOG.

„GEHÖRT DAS DEM STAAT?"
„DAS TROCADÉRO WOLLTEN SIE MIR NICHT GEBEN."
„KANN MAN SICH DENKEN."
„SOLANGE MAN WAS DRAUFMALEN KANN."
„JA. JEDE MAUER IST GLEICH VIEL WERT."
„WANN FANGE ICH AN?"
„MORGEN BEKOMMST DU FARBE UND EINE LEITER. DANACH MUSST DU SELBST ZUSEHEN."
„KANN ICH MIR DIE FARBEN AUSSUCHEN?"
„DU BIST DER CHEF."
PTE DE LA CHAPELLE
ALLES GUT UND SCHÖN, ABER ...
WAS DRÜCKT DICH DANN NOCH?

DIE BEIDEN MÄNNER SCHÜTTELTEN EINANDER DIE HAND ZUM ABSCHIED, UND ADAMSBERG ENTFERNTE SICH LANGSAM. PI RIEF IHN ZURÜCK.

DIE STADT ZEICHNEN

Fragen, die sie mir stellt

VON EDMOND BAUDOIN

SZENEN AUS

DAS ZEICHEN DES WIDDERS

VON FRED VARGAS
ERSCHIENEN
BEI VIVIANE HAMY

ES IST SELTEN, DASS ICH URBANE LANDSCHAFTEN ZEICHNE.

ES IST SELTEN, DASS ICH PARIS ZEICHNE.

DABEI IST ES NICHT SO, DASS ICH ES NICHT AUSSTEHEN KÖNNTE, MIT DEM PINSEL VON DER STADT ZU ERZÄHLEN. UND MIT FRED VARGAS KÄME ICH DARAN AUCH GAR NICHT VORBEI.

VOM METALL DER AUTOS?
ICH MÖCHTE, DASS MAN SPÜRT, WAS ICH IN DER STADT EMPFINDE.

DASS MAN ALL DIE GERÄUSCHE HÖRT, EINFACH INDEM MAN SICH DIE ZEICHNUNGEN ANSIEHT.
DASS MAN HÖRT, WIE EIN MOTORRAD KNATTERT.

WIE ZEIGT MAN, DASS MAN EINE STADT ATMEN KANN?

UND WIE, DASS SIE UNS IN LANGEWEILE ERSTICKEN KANN? SOLCHE FRAGEN STELLE ICH MIR GERN. ICH VERSUCHE, SIE ZU LÖSEN, WAS NATÜRLICH NUR EIN VERSUCH SEIN KANN.

DER VERSUCH,

DIE EINSAMKEIT ZU MALEN.

UND BEDROHUNG.
FÜR „DAS ZEICHEN DES WIDDERS" HAT FRED VARGAS MICH ALSO PARIS DURCHSTREIFEN LASSEN.

FÜR „DIE TOTE IM PELZMANTEL" MUSSTE ICH SOGAR IN DIE SCHÄCHTE DER MÉTRO KLETTERN.

DAS IST ETWAS GANZ ANDERES, ALS DAS MEER ZU MALEN. ABER DAS MEER ZU MALEN IST EBENFALLS UNMÖGLICH.

WARUM LÄUFT DER MENSCH DURCH STÄDTE?
WARUM VERSUCHT ER ANSCHLIESSEND, DAVON ZU ERZÄHLEN?

IN „DAS ZEICHEN DES WIDDERS" GIBT ES ABER AUCH LANDSCHAFTEN.

DANKE, FRÉDÉRIQUE.

Mit dem Pinsel erzählen, mit Wörtern malen

Über die Comic-Romane
von Fred Vargas und Edmond Baudoin

Ein guter Kriminalroman ist wie ein Besuch in einer fremden Stadt, mit großartigen Ansichten bei Tag, exquisiten Restaurants und ausgewählten Weinen am Abend sowie dunklen Ecken und gefährlichen Rotlicht-Absteigen bei Nacht. Natürlich auch mit einem mehr oder minder unappetitlichen Mord – ganz nach Belieben. Ein guter Autor ist demnach wie ein guter Freund, der einem diese unbekannte Stadt zeigt, sich als versierter Führer durch fremde, unheimliche Gegenden erweist und die dort lebenden Menschen mit all ihren Sehnsüchten und Geheimnissen vorstellt. Und schließlich den Mörder samt seinem Motiv überführt. Dann muss man leider Abschied voneinander nehmen – in dem guten Gefühl jedoch, mit einem treuen Freund an einem faszinierenden Ort gewesen zu sein. Wer schon einmal ein solches Erlebnis beim Lesen hatte, wird immer wieder zurückkehren.

Das ist vielleicht auch das Geheimnis von Fred Vargas, der französischen Bestsellerautorin, die fremde Dinge vertraut erscheinen lässt und der man sich als Leser immer wieder gerne anvertraut. Vargas zeigt nicht nur die Sehenswürdigkeiten, sondern sie zeigt dem Leser die kleinen Dinge, die man leicht übersehen kann, die rätselhaften und geheimnisvollen Orte, die in keinem Reiseführer stehen. Denn warum die Leser der französischen Autorin und Archäologin so bereitwillig folgen, hat einen simplen, aber überzeugenden Grund: Neugier. Die Neugier der Autorin Vargas, mit der sie die menschliche Seele bis in die tiefsten Abgründe auslotet, und wie sie einen Fall durch die Ermittler mit einer faszinierenden Mischung aus Intuition und Logik auflösen lässt. So gelingt der Autorin ein vielschichtiger und unverwechselbarer Kleinkosmos.

Seit 1986 schreibt Fred Vargas. Heute ist die Tochter des Surrealisten Philippe Audoin als vielfach ausgezeichnete »Königin des französischen Kriminalromans« eine Schriftstellerin von Weltrang. Geboren wurde sie 1957 als Frédérique Audoin-Rouzeau; ihr Pseudonym entstand durch die Kürzung ihres Vornamens in Fred und dem Nachnamen der von Ava Gardner gespielten Tänzerin Maria Vargas in dem Film *Die barfüßige Gräfin*. Ihre Zwillingsschwester Jo gebrauchte den Nachnamen bereits vor ihr – als Malerin.

Betrachtet man die Welt, aus der Fred Vargas stammt, erstaunt es nur wenig, dass sie auch anderen Kunstformen als dem geschriebenen Wort gegenüber aufgeschlossen ist.

Ein Clochard, der mühsam einen störrischen Einkaufswagen voller Schwämme vor sich herschiebt – mit nur wenigen Worten vermag Fred Vargas ein Bild zu zeichnen, das sofort vor dem Auge des Lesers ersteht. Das macht ihre vielzitierte Magie aus, welche die Leser so begeistert. Die Figuren aus der Welt der Fred Vargas entwickeln ein Eigenleben über das geschriebene Wort hinaus – auch deshalb ist die Idee reizvoll, ihre Geschichten als Bildergeschichten umzusetzen. In dem Comic-Zeichner Edmond Baudoin hat Fred Vargas einen kongenialen Partner gefunden, mit dem sie diese Vision Wirklichkeit werden lassen konnte. Wenn also Vargas die Stadtführerin ist, so ist der Zeichner Baudoin für die Kartographie zuständig.

Die Tote im Pelzmantel ist nach *Das Zeichen des Widders* der zweite Text von Fred Vargas, den Edmond Baudoin in eine illustrierte Form bringt. Dadurch wird das Geschriebene sichtbar, Baudoin erweckt die Stadt visuell zum Leben und gibt den Gesichtern Konturen. Er setzt konkret um, was Vargas mit Worten »malt«, er zaubert die literarische Figur mit dem Pinsel aufs Papier. Dabei illustriert er nicht einfach nur, sondern er versucht den Text in einen Fluss aus Bildern zu betten – diese Vielfalt der Mittel sprengt den Rahmen einer einfachen Bildergeschichte deutlich. Vargas und Baudoin haben zusammen einen Comic-Roman geschaffen, eine graphische Erzählung, für die es seit einiger Zeit den Begriff »Graphic Novel« gibt. Und was wäre für dieses Genre besser geeignet als die präzisen kriminologischen Milieustudien der Fred Vargas?

Graphic Novels haben auf dem Buchmarkt binnen kürzester Zeit eine erstaunliche Popularität erreicht und erfreuen sich begeisterter Rezensionen – was allerdings eine Graphic Novel ist, darüber herrscht weitgehend Uneinigkeit und bisweilen völlige Unkenntnis.

Wie bei einem Comic handelt es sich auch bei einer Graphic Novel um eine Text-Bild-Synthese, die mit einer Folge von Bildkästen, auch »Panels« genannt, und Sprechblasen wiedergegeben wird, die aus den Mündern der gezeichneten Figuren quellen. Der Unterschied zwischen Comic und Graphic Novel ist in erster Linie inhaltlicher Art: Graphic Novels sind in dem, was sie erzählen, anspruchsvoller und komplexer und richten sich an eine erwachsene Leserschaft. Deshalb müsste man den Comic nun nicht gleich umbenennen, ein Film bleibt schließlich auch ein Film, ob er nun ernsthafte oder leichte Inhalte transportiert. Doch scheint der Comic mit diesem Etikett inzwischen einen eigenständigen Charakter zu gewinnen und sich von allem Dünkel zu emanzipieren, der ihn vor allem in Deutschland begleitet.

Neben inhaltlichen zeichnen sich Graphic Novels durch ihnen eigene formale Merkmale aus: Sie erscheinen zumeist in einem kleineren Format, sind schlichtweg ›dicker‹ als herkömmliche Comics und erzählen eine in sich abgeschlossene Geschichte. Mehr Buch als Comic also. Zudem wird nicht selten die konventionelle Bildsprache des Comics mit seinen fein hintereinander gesetzten Panels zugunsten eines neuen Erzähl- bzw. Bildrhythmus aufgebrochen. Die Graphic Novel ist demnach also weniger als eigenständige Gattung zu begreifen, denn als eine Variante des Comics, bei der Form und Inhalt auf eigene Art zusammenspielen, es handelt sich sozusagen nur um einen anderen Begriff.

Wörtlich übersetzt bedeutet Graphic Novel so viel wie graphischer Roman oder vielleicht besser: graphische Erzählung. Der Begriff selbst wurde 1978 in den USA geprägt, im Zusammenhang mit der Veröffentlichung von *A Contract with God,* der Kurzgeschichtensammlung des großen Comic-Pioniers Will Eisner über die kleinen Leute in der Bronx. In der Folge entstanden immer mehr Comics, die sich neuen Themen zuwandten, etwa die Holocaust-Verarbeitung *Maus* von Art Spiegelman oder *Persepolis,* von Marjane Satrapi, die Erinnerungen an eine Kindheit im Iran, die eine breite Leserschaft erreichten. Die Graphic Novel gewann dank der genannten Werke plötzlich an Bedeutung, sie wurde zu einem globalen Phänomen, und sie stellt die Lust am Erzählen mit graphischen Mitteln stets als eines ihrer besonderen Merkmale heraus. Und das trifft zweifellos auch auf die vorliegende Zusammenarbeit von Vargas und Baudoin zu.

Natürlich war auch schon Das Zeichen des Widders eine waschechte (und als solche konzipierte) Graphic Novel. Der Band trägt erkennbar Baudoins Handschrift und hält die Vargas-typischen Ingredienzien parat: Der naive Raubüberfall zweier Kleinkrimineller führt zu einem Mord, der wiederum mit weiteren okkulten Morden in Verbindung zu stehen scheint. Hinzu kommen das bekannte Ermittlerteam Adamsberg und Danglard, die so überhaupt nicht zusammenpassen wollen (und sich gerade deshalb auf so wunderbare Weise ergänzen), und der skurrile Nebenstrang eines Vaters, der vier Söhne hat, von denen nur einer – er weiß jedoch nicht, welcher – seine Gene trägt, und der aus Kronkorken und Bierdosen Berninis Vier-Ströme-Brunnen nachbauen will. Skurriler Humor und Magie Vargas satt – *Les quatre fleuves* (so der französische Originaltitel von *Das Zeichen des Widders*) bescherte der Autorin auf dem bedeutenden europäischen

Comic-Festival in Angoulême zu Recht den begehrten Prix Alph-Art für das beste Szenario. Die Fans der Romane von Fred Vargas standen der ungewohnten Bildsprache zunächst mit gemischten Gefühlen gegenüber, doch zeigt sich genau darin die kongeniale Meisterschaft des Zeichners. Baudoin illustriert nicht nur, sondern reichert an, er lässt dem Text Freiräume und verdichtet ihn gleichzeitig. Vieles lässt er im Vagen, deutet nur an, um bei aller Konkretisierung durch Bilder weiterhin die Imagination des Lesers zu fordern. Gerade in der Illustrierung von Dialogszenen erweist sich die ganze Könnerschaft eines Künstlers – denn was ist langweiliger, als seitenlang redende Köpfe zu zeichnen, und wie müßig wäre es für den Leser, sich diese anzuschauen. Das unterscheidet den Comic vom Roman, wo Dialoge ein wichtiger Bestandteil des Textes sind – und außerdem eine Spezialität von Vargas. Baudoin löst das »Problem« des Dialogs meisterhaft, indem er immer wieder neue visuelle Ideen entwickelt, die Bilder mit dem Text verschmelzen lässt und diese das Gesprochene trefflich ergänzen.

Das Zeichen des Widders mit dem Understatement-Untertitel »Mit Zeichnungen von Baudoin« ist nicht nur ein echter Vargas, sondern zugleich eine bemerkenswerte Studie der vielfältigen Möglichkeiten des graphischen Erzählens. Eben ein echter literarischer Comic.

Es gibt bestechende Verbindungen von Comic und Literatur, wenn sich Romanciers mit Zeichnern zusammentun und es den Künstlern gelingt, etwas Neues entstehen zu lassen. Literaturadaptionen in Comic-Form hat es übrigens schon immer gegeben, mal mehr, mal weniger gelungene. Bisweilen hat man sie auch nur zu didaktischen Zwecken in Auftrag gegeben, als verkürzte Schulbuchlektüre, damit Kinder und Jugendliche überhaupt einmal mit literarischen Klassikern in Berührung kommen.

Die Graphic Novel bietet die Möglichkeit, Literatur und Comic in besonderer Weise aufeinander einwirken zu lassen. Durch die Zeichnung tut sich eine ästhetische Dimension auf, die das geschriebene Wort nicht haben kann. Aus dem Zusammenspiel von Wort und Bild mag also ein neues literarisches Werk entstehen. Natürlich ersetzt ein Bild nicht den Text, den es illustriert, aber durch die Mischform kann Atmosphäre intensiviert werden und sich ein anderer Rhythmus entfalten.

Es könnte selbstverständlicher werden, dass sich Künstler verschiedener Ausdrucksformen, Autoren und Zeichner, zusammentun. Allerdings ist die Tradition, aus der Edmond Baudoin kommt, eine ganz andere, und er steht dabei exemplarisch für eine bestimmte Entwicklung der Bande dessinée, wie die Comics in Frankreich genannt werden.

Während in den amerikanischen Tageszeitungen kurz vor Beginn des 20. Jahrhunderts der Comic seinen Siegeszug begann, war es der Belgier Georges Remi, der unter seinem Pseudonym Hergé ab 1929 den Comic in Westeuropa popularisierte. *Tintin (Tim und Struppi)* hieß die Figur, die mit großem kriminalistischem Spürsinn Millionen von Leser in den Bann zog und damit die Tradition der franko-belgischen Bande dessinée begründete.

Zunächst wurde der Comic für Kinder und Jugendliche konzipiert, es entstanden unzählige humoristische Abenteuerserien in Magazinen, darunter auch Klassiker wie *Spirou*, *Lucky Luke* oder *Asterix*, die dann als Album nachgedruckt wurden. Mitte der 1960er Jahre begannen sich Comic-Autoren erstmals auch an erwachsene Leser zu richten, womit sie eine Art Paradigmenwechsel einleiteten. Anstelle von *Tintin* ließen sich nun Heerscharen von Studenten von *Barbarella* verführen – zu einer Zeit, die auch das Leben des jungen Edmond Baudoin verändern sollte.

Edmond Baudoin, geboren am 23.4.1942 in Nizza, war in jener Zeit Buchhalter in einem Casino und hatte bereits eine Familie gegründet. Doch im Mai 1968 gab er seine sichere bürgerliche Existenz zugunsten seiner Leidenschaft, der Kunst, auf. Schon seit längerer Zeit hatte er neben seinem Beruf Theater gespielt und dabei festgestellt, dass ihn die Buchhalterei nicht ausfüllte. Lieber wollte er als Maler und Illustrator sein Glück versuchen. Erfolglos illustrierte er Gedichte seiner Lieblingsautoren, bis ihm in Paris ein Verleger sagte, dass seine Zeichnungen »comic-ähnlich« seien. Er selbst hatte bis zu diesem Zeitpunkt kaum einen Bezug zu Comics gehabt, aber das Erzählen in Bildern reizte ihn, und so veröffentlichte er ab 1974 Comics und reüssierte mit einigen Geschichten in großen französischen Comic-Magazinen (*Circus*, *Pilote* und *L'Écho des Savanes*). Sein Name war bald in der Szene bekannt, auch wenn er noch auf der Suche nach einem eigenen Stil und Thema war.

Sein erstes Comic-Buch *Les sentiers cimentés* erschien 1981 bei Futuropolis, einem renommierten und progressiven Verlag.

Die markanten rauen, schwarzweißen Pinselstriche, die den Band kennzeichnen, sollten bald zu seinem Markenzeichen werden. Mit seiner Tuschtechnik, die vieles nur andeutet, gelang es ihm, Emotionen und Atmosphäre hervorzurufen, was seine Comics geradezu poetisch erscheinen lässt. *Les sentiers cimentés* war der Auftakt zu seinem nachfolgenden, sehr persönlichen Œuvre, mit dem er zu einem der wichtigsten Vertreter des Comic-Romans avancierte. Das, was man heute in Deutschland gemeinhin unter einer Graphic Novel versteht, ist im Grunde im europäischen Raum unter dem Begriff Comic-Roman schon seit Jahrzehnten bekannt.

Die europäische Entwicklung des Comic-Romans wurde geprägt von Werken wie der elegisch-abenteuerlichen *Südseeballade* (1967) des Italieners Hugo Pratt oder dem grotesk-poetischen Band *Hier selbst* (1978) der Franzosen Jean-Claude Forest und Jacques Tardi. Beide Werke umfassen exakt 163 Seiten und gelten als die Prototypen der epischen Comic-Erzählung. Sie lösten sich vom Standardformat und verweigerten sich eskapistischen Genres wie Fantasy oder Science Fiction. Zudem arbeiteten die Autoren in Schwarzweiß und suchten nach einem persönlichen künstlerischen Ausdruck. Die Freiheit in der Kreativität des Erzählens reizte auch Baudoin – seine Schwarzweiß-Technik zeigt deutlich den Einfluss von Pratt, Tardi oder des Argentiniers José-Antonio Muñoz, der die Hard-boiled-Geschichten seines Landsmannes Carlos Sampayo zeichnerisch umsetzte.

Stets um einen adäquaten Stil für seine Geschichten bemüht,

gewöhnte Baudoin sich an, nicht vorzuzeichnen. Er greift immer gleich zum Pinsel, seinem wichtigsten Werkzeug, um die Magie des ersten Entwurfs direkt auf das Papier zu bannen. Dabei nimmt er keine Rücksicht darauf, ob ein Strich mal nicht gelungen ist, denn wichtig ist der Gesamteindruck, den eine Geschichte hinterlässt. Seine abstrakt-expressive Graphik entspricht auf der Bildebene geradezu ideal den Inhalten seiner Comics, die vieles nur andeuten und dem Leser viele Freiräume lassen.

Während sich seine Kollegen in den 1980ern in fantastischen Geschichten oder in historischen Kostüm-Comics austobten, die damals in Frankreich schwer *en vogue* waren, erzählte Baudoin autobiographisch, was zum damaligen Zeitpunkt geradezu unerhört war. Als 1982 sein Band *Passe le temps* erschien, zeigte sich die Comic-Welt erschüttert, denn dieser Schwarzweiß-Band hatte mit Helden so gar nichts am Hut, vielmehr reflektierte Baudoin darin über das Leben als Kind, als Erwachsener, als alter Mann. Dabei scheute er sich auch nicht, Alltägliches zu thematisieren, denn das Leben besteht nun mal nicht nur aus strahlenden Momenten. Mit *Passe le temps* hatte Baudoin gewissermaßen seine eigene Programmatik geschaffen, und da er als Autodidakt und Quereinsteiger ohne Vorwissen und Prägung in das Feld des Comics vordrang, zeugten seine Bände von einer Impulsivität, die vielen anderen Comics fehlte. In der Folge von *Passe le temps* erzählte er Geschichten über das Aufwachsen mit seinem Bruder, über den gesellschaftlichen Umbruch in den 1960er Jahren, über die Alzheimerkrankheit seiner Mutter und über seine Beziehungen zu Frauen. Erotik, Kunst und Philosophie nehmen einen wichtigen Stellenwert im Werk Baudoins ein. Als man ihn einmal mit der Konzeption einer Krimi-Genrearbeit um einen Mann ohne Gedächtnis beauftragte, der zudem als Serienheld taugen sollte, tat er sich im ersten Ansatz schwer damit, weil sein Zeichenstil durch die Spontaneität ständigen Veränderungen unterworfen war.

Auch wenn die Bände des unermüdlichen Baudoin nur in kleinen Auflagen verlegt wurden, hielt sein Verlag ihm über Jahrzehnte die Treue.

Großes Renommee erlangte Baudoin erst, als zu Beginn der 1990er Jahre eine junge Generation von Zeichnern gegen das formelhafte und standardisierte Format aufzubegehren begann und Werke schuf, die sich lossagten von dem tradierten Albenformat. Sie machten sich darüber lustig und nannten es abschätzig »48CC«, was bedeutete: 48 Seiten, natürlich farbig (couleur) und mit festem Einband (cartonné). Sie widersetzten sich den herkömmlichen Standards, indem sie mit verschiedenen Formaten experimentierten und sich für eine radikal subjektive Perspektive stark machten – die objektive Erzählweise in Comics hielten sie für überholt. Natürlich stand der amerikanische Underground der Sechziger Pate mit seinen wild-provokanten, befreienden Geschichten wider den Mainstream und den alltäglichen Neurosen eines Robert Crumb. Ein anderes Vorbild jedoch war Baudoin, der sich schon Jahre zuvor über jene Grenzen hinweggesetzt hatte, seine ganz eigene Vision des Comics niederzeichnete und gegen alle Trends autobiographisch erzählte. 1992 erhielt Edmond Baudoin für die Geschichte seines Großvaters

Couma acò in Angoulême den Preis für das beste Album. Als Baudoins Stammverlag Futuropolis schließen musste, veröffentlichte er fortan im Verlag L'Association, wo sich die Rebellen jener Jahre und die Wegbereiter des zeitgenössischen Comics wiederfanden. Damit war Baudoin Vorbild und zugleich Mitstreiter einer jungen Generation. Er hatte die Moderne vorweggenommen, und nun hatte sie ihn eingeholt.

Doch die Kunst eines Edmond Baudoin hat viele Gesichter, und es wäre falsch, in ihm nur einen Vertreter von Selbsterlebtem zu sehen. Er illustrierte auch Romane und kam auf diesem Weg mit Schriftstellern wie dem späteren Nobelpreisträger J.-M. G. Le Clézio und Tahar Ben Jelloun zusammen, es folgten Illustrationen zu Büchern von Pier Paolo Pasolini, Jack London – und Fred Vargas. Als umtriebiger und leidenschaftlicher Fan von Tanz, Ballett, Theater und Malerei führte seine Experimentierfreude ihn außerdem an die eine oder andere choreographische Mitwirkung heran oder ließ ihn Briefwechsel mit anderen Künstlern veröffentlichen, einen Erlebnisbericht über einen Aufenthalt in Vitrolles oder eine Biographie über den Abbé Pierre. Mitte der neunziger Jahre gehörte Baudoin zu den wenigen auserwählten europäischen Zeichnern, die vom japanischen Magazin *Morning* (Auflage: eine Million) eingeladen wurden, Geschichten fern ihres üblichen Formats zu zeichnen und zudem Einflüsse des Mangas, der japanischen Form des Comics, in ihr Werk aufzunehmen. Das daraus resultierende Werk von Baudoin heißt schlicht und einfach *Le Voyage (Die Reise)*. Die Besonderheit des Bandes liegt in dem Stilmittel, die Gedanken des Protagonisten direkt aus seinem Kopf wachsen zu lassen, so dass auch schon mal die um-gebende Landschaft eins wird mit der Gedankenwelt der Hauptfigur. Das ist sinnlich, kraftvoll und bewundernswert kompromisslos, und man würde gern wissen, was die Japaner meinten, als sie morgens in der U-Bahn den Comic eines Franzosen lasen, in dem der offene Kopf des Protagonisten mit immer neuen Bildern gefüllt war. In Frankreich gab es dafür eine Auszeichnung für das beste Szenario.

Baudoin bewegt sich mit seinen Comics auf der Grenze zwischen Zeichnung und Malerei, so erklärt sich, dass es ihm ermöglicht wurde, von 1999 bis 2003 an der Universität von Québec Kunst zu unterrichten. In jener Zeit entstand mit *Le chemin de Saint-Jean* ein weiteres sehr intimes Projekt, ein großformatiges Buch über seine Beziehung zu einem Berg der Gegend, in der er aufgewachsen ist; allerdings handelt es sich hier weniger um einen Comic, vielmehr zeigt Baudoin Skizzen des Berges aus verschiedenen Phasen seines Lebens und versieht diese mit Notizen. Das Buch wächst übrigens mit jeder Auflage, schließlich kommen aus dem Leben immer neue Skizzen hinzu – ein sehr schönes Beispiel, das die Lebendigkeit eines solchen Projekts dokumentiert. Und neuerdings malt Baudoin seine Comics sogar in Farbe ...

»Die Comics stehen wirklich noch am Anfang ihrer Möglichkeiten, und verglichen mit dem, was sie morgen sein werden und erzählen können, ist das, was wir heute vollbringen, ein hilfloses Stammeln«, sagte der Zeichner einmal, und es scheint, in seiner graphischen Vielfalt ist er ebenso neugierig, wie es Vargas in ihren

Büchern ist. Er hat sich immer den Konventionen der Gattung entzogen, daher wird es nicht wenige Comic-Freunde geben, die behaupten, Baudoin mache Kunst-Comics.

Kunst trifft also Literatur, und wo ist dies eher möglich als im Comic, wo sich beide Künste auf das Kühnste zu vereinen verstehen. *Das Zeichen des Widders* von Fred Vargas war nicht die erste Krimi-Adaption in Comic-Form. Die Kriminalliteratur und der Comic sind schon lange eng miteinander verbunden, Fred Vargas befindet sich in illustrer Gesellschaft. Die Werke vieler Schriftsteller sind als Comic umgesetzt worden, und einige Autoren haben sogar exklusiv für den Comic geschrieben. Dashiell Hammett und Mickey Spillane etwa schrieben Comics; Jerome Charyn hat etliche Comic-Romane für den französischen Markt verfasst; Léo Malets *Nestor Burma* ist ohne Tardis prägnant gezeichnetes Konterfei kaum noch denkbar. Vargas und Baudoin gehen jedoch über diese Arbeiten hinaus, da sie eine Mischform aus Text und Bild schaffen, freier arbeiten und sich nicht in konventionellen Comic-Strukturen bewegen. Das zeichnet ihre Zusammenarbeit aus.

Jean-Baptiste Adamsberg hat mit dem Strich Baudoins ein markantes Gesicht bekommen. Während alle anderen Figuren in Baudoins Vargas-Adaption eher angedeutet scheinen, ist eigentümlicherweise nur Adamsberg als Bild zu fassen – der Kommissar, der in den Romanen gedankenverloren vor sich hin zeichnet, wenn er nachdenkt, ein Träumer und Einzelgänger, naturverbunden und mit einem Faible für das Nichtkonforme, das Außergewöhnliche. Wer den Comic-Zeichner Baudoin schon einmal persönlich erlebt hat, mit seinen wachen und stets fröhlichen Augen, diesen neugierigen, in sich ruhenden Menschen, der wird sich über die Darstellung der Figur Adamsberg in seinen Comics womöglich wundern: diese Nase, diese Frisur, diese buschigen Augenbrauen und diese alte, zerknitterte Jacke, an den Ärmeln immer hochgekrempelt – das ist doch der Zeichner selbst, möchte man meinen.

Vielleicht sticht die Ähnlichkeit dem kundigen Betrachter deshalb ins Auge, weil Baudoin im Laufe seiner Karriere oftmals Comics über sein eigenes Leben gezeichnet hat. Vielleicht mochte Baudoin die Figur Adamsberg auch einfach und hat ihm deswegen seine Züge geliehen. Die intuitive, emotionale und immer aufmerksame Aufklärungsarbeit des Kommissars, sein leichtes Entrücktsein findet indes sein Echo in der realen Person Edmond Baudoins – Adamsberg muss ein Seelenverwandter des Zeichners sein, der nichts anderes tun musste, als sich selbst zu zeichnen. Vielleicht ist Baudoin aus diesem Grund prädestiniert als Illustrator für Vargas' Geschichten: Er ist ganz nah dran an den Figuren, die sich die französische Krimiautorin ausdachte. Als Kartograph der Führungen von Vargas ist er jedenfalls bestens präpariert.

Das ist auch in der neuen Adamsberg-Erzählung *Die Tote im Pelzmantel* der Fall. Diesmal handelt es sich zwar nicht um eine exklusiv geschriebene Graphic Novel, die Geschichte wurde bereits in ihrer reinen Textform veröffentlicht. Und doch ist mit Baudoins graphischer Umsetzung der Handlung ein völlig neues Kunstwerk entstanden: Baudoin hat das Wagnis auf sich genommen, die Erzählung ungekürzt wiederzugeben und zugleich neue Bilder dazu zu erfinden.

Der Mord an einer Dame aus höheren Kreisen, den Kommissar Adamsberg aufklären soll, ist beinahe marginal, im Mittelpunkt von *Die Tote im Pelzmantel* steht die Geschichte von Pi, dem Clochard und Zahlenmystiker, der seine gefundenen Schwämme verkaufen muss und diesen Mord beobachtet hat. Nicht um eine Lösung des Falls geht es, sondern darum, wie Pi ins Leben zurück findet, wie er eine neue Aufgabe bekommt. Im Vordergrund stehen die zeichnerisch grandios umgesetzten Gespräche, die Adamsberg mit Pi in den Tunneln der Métro führt – Baudoin illustriert die Worte des Clochards mit symbolhaften Hintergründen –, und die nächtlichen Spaziergänge, in denen Adamsberg über seinen Fall grübelt.

Auf der zeichnerischen Ebene schafft Baudoin immer noch eine weitere Dimension, immer wieder sind in den Gesprächssequenzen von Adamsberg und Pi Paare auf den Bildern zu sehen, mal sind es zwei Vögel vor dem Fenster des Polizeipräsidiums, dann sind es ein Mann und eine Frau in einem Café, die sich aufeinander zu- und wieder fortbewegen. Dadurch unterstreicht Baudoin die Einsamkeit der beiden Protagonisten, die nichts anderes haben als einen Einkaufswagen voller Schwämme oder den einen Fall, an dem gerade gearbeitet wird. Baudoin lässt das Bild ein Eigenleben entwickeln, es erzählt Geschichten außerhalb des Textes, vielleicht die Geschichte einer Liebe oder einer

Trennung im Café, wer weiß. Baudoin erweitert gewissermaßen die Landkarte.

Das wird im Übrigen auch in dem Anhang deutlich, in dem Baudoin rückblickend den Prozess der Entstehung von *Das Zeichen des Widders* spiegelt. Er stellt sich Fragen, wie er die Stadt darstellen kann, wo er doch lieber Naturbilder zeichnet, oder wie man mit einem Pinsel erzählen kann. Es ist ein kleiner graphischer Essay, ein Gedicht, in dem Baudoin seinen Zweifeln Ausdruck verleiht. Und er dankt Frédérique, dass sie ihm ihre Landschaft gab, dass sie ihm Dinge gezeigt hat, die er ohne sie nicht gesehen hätte und von denen er annahm, dass er sie nicht malen könnte. Eine sehr persönliche Note am Ende des Buches.

Das letzte Panel fasst die graphische Ausdrucksstärke von Baudoin noch einmal zusammen: Weite, eine Straße, die zum Horizont führt, und eine angedeutete graue Wolke.

Kein Zweifel, Baudoin und Vargas führen durch völlig neue Landschaften und Straßen, und was man dort sieht und erlebt, ist mitreißend, spannend, mitunter unheimlich. Man begegnet Menschen, die interessant oder verabscheuungswürdig sind, doch fürchten muss man sich nicht, denn mit solch außergewöhnlichen Künstlern ist man in allerbester Gesellschaft.

Klaus Schikowski
lebt als Comic-Publizist in Köln. Er veröffentlicht regelmäßig über Comics, sein erstes Buch *Die großen Künstler des Comics* erschien 2009 bei edel.

LESEPROBE AUS

FRED VARGAS

DER VERBOTENE ORT

ROMAN

AUS DEM FRANZÖSISCHEN
VON WALTRAUD SCHWARZE

1

Kommissar Adamsberg verstand es, Hemden zu bügeln, seine Mutter hatte ihm beigebracht, wie man die Schulterpasse ausstrich und den Stoff um die Knöpfe herum glättete. Er zog den Stecker des Bügeleisens, legte die Kleidungsstücke in den Koffer. Er hatte sich rasiert, gekämmt, er würde nach London reisen, daran führte kein Weg mehr vorbei.

Er nahm seinen Stuhl und schob ihn in das sonnenbeschienene Viereck der Küche. Der Raum öffnete sich nach drei Seiten, und so verbrachte er seine Zeit damit, seinen Stuhl je nach dem einfallenden Licht um den runden Tisch herum zu bewegen, gleich der Eidechse, die um den Fels wandert. Adamsberg stellte seine Schale mit Kaffee Richtung Osten und setzte sich mit dem Rücken zur Wärme.

Er wäre ja einverstanden, nach London zu fahren, um sich die Stadt anzusehen, zu riechen, ob die Themse den gleichen modrigen Geruch nasser Wäsche hatte wie die Seine, zu hören, wie die Möwen schrien. Schon möglich, dass die Möwen auf Englisch anders schrien als auf Französisch. Aber man würde ihm nicht die Zeit dazu lassen. Drei Tage Kolloquium, zehn Vorträge pro Sitzung, sechs Debatten, ein Empfang im Innenministerium. Über hundert hochrangige Polizisten würden sich in der großen *hall* drängen, nichts als Polizisten aus dreiundzwanzig Ländern, die zusammenkamen, um das große Europa der Polizei zu optimieren, genauer noch, um »die Regelung der Migrationsströme zu harmonisieren«. So lautete das Thema des Kolloquiums.

Als Leiter der Pariser Brigade criminelle musste Adamsberg sich dort blicken lassen, aber das kümmerte ihn wenig. Seine Teilnahme würde flüchtig sein, nahezu ätherisch, einerseits aufgrund seiner Abneigung gegen das Regeln von Strömen, andererseits, weil er nie auch nur ein einziges Wort Englisch im Gedächtnis behalten hatte. Er trank ruhig seinen Kaffee aus, während er die Nachricht überflog, die ihm Commandant Danglard gerade schickte. *»Treffen uns in 1 Std 20 Min in der Abfertigungshalle. Verfluchter Tunnel. Habe passendes Jackett für Sie eingesteckt, mit Kraw.«*

Adamsberg strich mit dem Daumen über das Display seines Handys und löschte die Angst seines Stellvertreters, so wie man den Staub von einem Möbelstück wischt. Danglard war wenig geschaffen fürs Laufen, fürs Rennen, schon gar nicht fürs Reisen. Den Ärmelkanal im Tunnel zu durchqueren schreckte ihn ebenso wie ihn zu überfliegen. Dennoch hätte er niemandem seinen Platz abgetreten. Seit dreißig Jahren schwor der Commandant auf die Eleganz der englischen Kleidermode, er setzte darauf, um seinen natürlichen Mangel an Erscheinung zu kompensieren. Von dieser lebenswichtigen Option inspiriert, hatte er seine Dankbarkeit auf das übrige Vereinigte Königreich ausgedehnt und war zum Typus des anglophilen Franzosen schlechthin geworden, der die Liebenswürdigkeit der Manieren, das Taktgefühl der Engländer und ihren diskreten Humor bewunderte. Außer in Augenblicken, in denen er jede Zurückhaltung fahrenließ, worin der anglophile Franzose sich vom wahren Engländer unterscheidet. So freute ihn die Aussicht auf einen Aufenthalt in London, mit Migrationsströmen oder ohne. Blieb nur noch das Hindernis dieses *verfluchten Tunnels* zu überwinden, durch den er zum ersten Mal fuhr.

Adamsberg spülte seine Kaffeeschale aus, nahm seinen Koffer, wobei er sich fragte, was für ein Jackett mit was für einer *Kraw* Commandant Danglard für ihn ausgesucht haben mochte. Da schlug sein Nachbar, der alte Lucio, mit seiner schweren Faust an die verglaste Eingangstür, dass sie erzitterte. Der Spanienkrieg hatte ihm seinen linken Arm genommen, als er neun Jahre alt war, und es schien, als sei der rechte dementsprechend stärker geworden, um in sich allein die Spannweite und Kraft von zwei Händen zu vereinen. Das Gesicht an die Scheiben gepresst, sah er mit gebieterischem Blick zu Adamsberg herein.

»Komm mal rüber«, brummte er im Ton eines Befehls. »Sie kriegt sie nicht allein raus, ich brauch deine Hilfe.«

Adamsberg stellte seinen Koffer nach draußen in den verwilderten kleinen Garten, den er sich mit dem alten Spanier teilte.

»Ich muss für drei Tage nach London, Lucio. Ich helfe dir, wenn ich zurück bin.«

»Zu spät«, polterte der Alte. »Komm rüber.«

Und wenn Lucio polterte, mit seinen rollenden »r« in der Stimme, erzeugte er ein so dumpfes Geräusch, dass es Adamsberg schien, als käme der Ton direkt aus der Erde. Er nahm seinen Koffer in die Hand, in Gedanken schon an der Gare du Nord.

»Was kriegst du nicht raus?«, sagte er abwesend und verschloss seine Tür.

»Die Katze, die im Schuppen lebt. Du wusstest doch, dass sie Junge kriegt, oder?«

»Ich wusste nicht, dass im Schuppen eine Katze lebt, und es ist mir auch vollkommen egal.«

»Dann weißt du's jetzt. Und es wird dir nicht egal sein, *hombre*. Sie hat bis jetzt erst drei rausgebracht. Eins ist tot, und zwei weitere stecken fest, ich kann ihre Köpfe spüren. Ich werde massieren und dabei sanft schieben, und du ziehst raus. Aber pass auf, fass nicht wie ein Schlächter zu, wenn du sie holst. So ein Kätzchen, das zerbricht dir unter den Fingern wie Keks.«

Finster und mit dringlichem Ausdruck stand Lucio da und kratzte seinen fehlenden Arm, indem er die Finger im Leeren bewegte. Er hatte oft erklärt, dass er damals, als er seinen Arm verlor, dort einen Spinnenbiss hatte und gerade dabei war, ihn zu kratzen. Aus diesem Grund juckte der Biss ihn noch nach neunundsechzig Jahren, weil er mit dem Kratzen nicht fertig gewesen war, es nicht gründlich hatte machen, nicht hatte vollenden können. Das war die neurologische Erklärung, die seine Mutter ihm geliefert hatte, sie war für Lucio mit der Zeit zur Philosophie schlechthin geworden und ließ sich auf jede Situation und jedes Gefühl anwenden. Man muss bis ans Ende gehen, oder gar nicht erst anfangen. Den Kelch bis zur Neige leeren, auch in der Liebe. Wenn also eine lebenswichtige Handlung ihn intensiv beschäftigte, kratzte Lucio seinen unterbrochenen Spinnenbiss.

»Lucio«, sagte Adamsberg etwas entschiedener, indem er den kleinen Garten durchquerte, »in eineinviertel Stunden geht mein

Zug, mein Stellvertreter steht an der Gare du Nord und verzehrt sich vor Ungeduld, und ich werde jetzt nicht den Geburtshelfer bei deinem Katzenvieh spielen, während in London hundert Spitzenpolizisten auf mich warten. Sieh zu, wie du klarkommst, am Sonntag erzählst du mir dann alles.«

»Und wie willst du, dass ich hiermit klarkomme?«, schrie der Alte und hob seinen Armstumpf.

Lucio hielt Adamsberg mit seiner mächtigen Hand auf und reckte sein vorgeworfenes Kinn, das nach Meinung von Commandant Danglard eines Velázquez' würdig gewesen wäre. Der Alte sah nicht mehr scharf genug, um sich korrekt zu rasieren, und manche Stoppeln entkamen seiner Klinge. Weiß und hart stachen sie hier und da aus seinem Gesicht und bildeten so etwas wie eine Dekoration aus silbrigen Dornen, die in der Sonne glänzten. Manchmal kriegte Lucio eine von ihnen zu fassen, klemmte sie resolut zwischen zwei Fingernägel und zog daran, als wenn er eine Zecke ausreißen würde. Und er gab nicht auf, bevor er sie nicht hatte, gemäß der Spinnenbiss-Philosophie.

»Du kommst mit mir.«

»Lass mich in Ruhe, Lucio.«

»Du hast gar keine Wahl, *hombre*«, sagte Lucio düster. »Das kreuzt deinen Weg, du musst es wahrnehmen. Oder es wird dich dein Leben lang jucken. Es kostet dich ganze zehn Minuten.«

»Auch mein Zug kreuzt meinen Weg.«

»Der kreuzt hinterher.«

Adamsberg ließ seinen Koffer los und verfluchte seine Ohnmacht, während er Lucio zum Schuppen folgte. Ein klebriges, blutbeschmiertes Köpfchen zeigte sich zwischen den Hinterpfoten des Tieres. Unter den Anweisungen des alten Spaniers nahm er es behutsam in seine Hand, während Lucio mit professionellem Griff auf den Bauch drückte. Die Katze miaute fürchterlich.

»Zieh noch ein bisschen stärker, *hombre*, fass es unter den Pfoten und zieh! Entschlossen, aber sanft, und drück nicht den Schädel zusammen. Mit deiner anderen Hand kraul der Mutter die Stirn, sie ist in Panik.«

»Lucio, wenn ich jemandem die Stirn kraule, schläft er ein.«

»*Joder!* Zieh, verdammt!«

Sechs Minuten später legte Adamsberg zwei kleine rote, piepsende Ratten neben zwei andere auf eine alte Decke. Lucio schnitt ihnen die Nabelschnur durch und legte sie nacheinander an die Zitzen. Er warf einen besorgten Blick auf das klagende Muttertier.

»Wie war das mit deinen Händen? Womit bringst du die Leute in Schlaf?«

Adamsberg schüttelte bedauernd den Kopf.

»Ich weiß es nicht. Wenn ich ihnen die Hand auf den Kopf lege, schlafen sie ein. Das ist alles.«

»So machst du es mit deinem Kind?«

»Ja. Es kommt auch vor, dass die Leute einschlafen, während ich mit ihnen rede. Ich habe schon Verdächtige während eines Verhörs eingeschläfert.«

»Dann mach das mit der Mutter. *Apúrate!* Mach, dass sie einschläft.«

»Großer Gott, Lucio, kriegst du das nicht in deinen Schädel rein, dass ich zum Zug muss?«

»Wir müssen die Mutter beruhigen.«

Adamsberg war die Katze egal, nicht aber der schwarze Blick, den der Alte ihm zuwarf. So streichelte er den – unglaublich weichen – Kopf der Katze, denn in der Tat, er hatte keine Wahl. Das Hecheln des Tieres kam zur Ruhe, während Adamsbergs Finger wie Kugeln von seinem Mäulchen zu seinen Ohren rollten. Lucio wiegte anerkennend den Kopf.

»Sie schläft, *hombre*.«

Adamsberg löste langsam seine Hand, wischte sie im feuchten Gras ab und entfernte sich im Rückwärtsgang.

Während er über den Bahnsteig der Gare du Nord lief, fühlte er, wie das Zeug zwischen seinen Fingern und unter den Nägeln hart wurde. Er hatte zwanzig Minuten Verspätung, Danglard kam mit eiligen Schritten auf ihn zu. Man hatte immer den Eindruck, dass Danglards Beine, die schlecht konstruiert waren, von den Knien abwärts in ihre Einzelteile zerfallen würden, wenn er zu rennen versuchte. Adamsberg hob die Hand, um seiner Eile wie auch seinen Vorwürfen Einhalt zu gebieten.

»Ich weiß«, sagte er. »Etwas hat meinen Weg gekreuzt, und ich musste zufassen, sonst hätte ich mich mein Leben lang kratzen müssen.«

Danglard war an Adamsbergs unverständliche Bemerkungen schon so gewöhnt, dass er sich selten die Mühe machte, Fragen zu stellen. Wie viele andere in der Brigade beachtete er sie kaum noch, wusste er doch zwischen Interessantem und Unwichtigem zu unterscheiden. Außer Atem wies er auf die Abfertigungshalle und machte kehrt. Während Adamsberg ihm in aller Gelassenheit folgte, versuchte er sich an die Farbe der Katze zu erinnern. Weiß mit grauen Flecken? Mit roten Flecken?

2

»Auch bei Ihnen passieren ja merkwürdige Dinge«, sagte Superintendent Radstock auf Englisch zu seinen Pariser Kollegen.

»Was sagt er?«, fragte Adamsberg.

»Dass auch bei uns merkwürdige Dinge passieren«, übersetzte Danglard.

»Das stimmt«, sagte Adamsberg, ohne sich weiter für das Gespräch zu interessieren.

Viel wichtiger war ihm im Augenblick, dass er laufen konnte. Er war in London, es war Juni, und es war Nacht, er wollte laufen. Diese zwei Tage Kolloquium begannen an seinen Nerven zu zerren. Stundenlang sitzen zu müssen war eine der wenigen Prüfungen, die sein Phlegma brechen, ihn in den seltsamen Zustand versetzen konnten, den die anderen »Ungeduld« oder »Hektik« nannten und der ihm normalerweise unerreichbar war. Am Tage zuvor war es ihm drei Mal gelungen, sich davonzustehlen, er hatte einen summarischen Spaziergang durch das Viertel gemacht, hatte sich Häuserfluchten mit ihren Klinkerfassaden eingeprägt, den Ausblick auf Reihen weißer Säulen und schwarz-goldener Laternen gespeichert, er war ein Stück durch ein Gässchen namens St. John's Mews gelaufen, weiß Gott, wie man so was wie »Mews« aussprechen sollte. Dort war ein Schwarm Möwen englisch schreiend aufgeflogen. Doch seine Abwesenheiten waren bemerkt worden. Heute hatte er in seinem Sessel ausharren müssen, hatte störrisch geschwiegen zu den Diskussionsbeiträgen seiner Kollegen, unfähig, dem schnellen Rhythmus des Dolmetschers zu folgen. Die *hall* war gesättigt mit Polizisten, die sich mit großem Einfallsreichtum der Aufgabe widmeten, das Netz enger zu ziehen, durch welches »der Strom der Migranten harmonisiert« und Europa mit einem unüberwindlichen Gatter umzäunt werden sollte. Da Adamsberg jedoch dem Festen stets das Flüssige, dem Statischen das Geschmeidige vorgezogen hatte, folgte er naturgemäß den Bewegungen dieses Stroms und suchte mit ihm nach Möglichkeiten, wie die Befestigungsanlagen, die unter seinen Augen hochwuchsen, zu überwinden wären.

Radstock, dieser Kollege von New Scotland Yard, schien sehr beschlagen in Netzen, wiederum aber nicht besessen genug von der Frage ihrer Effektivität. Er wollte in knapp einem Jahr in Rente gehen, mit der sehr britischen Vorstellung, dann an irgendeinem See im Norden angeln zu gehen, so berichtete Danglard, der alles verstand und alles übersetzte, auch das, was Adamsberg gar nicht wissen wollte. Adamsberg wäre es lieber gewesen, wenn sein Stellvertreter mit seinen unnützen Übersetzungen etwas sparsamer umginge, aber Danglards Freuden waren so selten, und er schien so froh zu sein, sich in der englischen Sprache zu sielen wie das Wildschwein in einem Schlamm von besonderer Qualität, dass Adamsberg ihm kein Gran seiner Zufriedenheit nehmen wollte. Danglard wirkte glücklich hier, fast beschwingt, sein weicher Körper straffte sich, seine hängenden Schultern nahmen Form an, er gewann an Auftreten und Statur, was ihn beinahe zu einem bemerkenswerten Menschen machte. Vielleicht nährte er den Gedanken, eines Tages seinen Ruhestand gemeinsam mit diesem neuen Freund zu genießen, beim Angeln an jenem See da oben.

Radstock nutzte Danglards Gutwilligkeit, um ihm in allen Einzelheiten sein Leben beim Yard zu erzählen wie auch eine Menge schlüpfriger Anekdoten, von denen er meinte, dass sie französischen Gästen gefallen würden. Danglard hatte ihm während des ganzen Mittagessens mit großer Geduld zugehört und zugleich die Qualität des Weins im Auge behalten. Radstock nannte den Commandant »Denglarde«, und sie überboten sich gegenseitig in Geschichten und versorgten sich mit Getränken, Adamsberg im Schlepptau hinter sich lassend. Der Kommissar war der Einzige unter den hundert Bullen, der nicht einmal Rudimente der Sprache beherrschte. Er wohnte der Veranstaltung mehr am Rande bei, wie er auch gehofft hatte, und nur wenige Leute hatten überhaupt verstanden, wer er wirklich war. An seiner Seite sah man den jungen Brigadier Estalère mit seinen von chronischem Erstaunen immer weit aufgerissenen grünen Augen. Es war Adamsbergs Wunsch gewesen, ihn mit auf diese Reise zu nehmen. Er hatte gemeint, der Fall Estalère werde sich schon noch arrangieren, und von Zeit zu Zeit bemühte der junge Mann sich ja auch, dahin zu gelangen.

DIE ORIGINALAUSGABE MIT DEM TITEL „LE MARCHAND D'ÉPONGES" BASIERT AUF DER ERZÄHLUNG „CINQ FRANCS PIÈCE" VON FRED VARGAS AUS DEM BAND „COULE LA SEINE" (ÉDITIONS VIVIANE HAMY, PARIS, 2002).

ISBN 978-3-351-03351-4

AUFBAU IST EINE MARKE DER AUFBAU VERLAG GMBH & CO. KG

1. AUFLAGE 2011

LETTERING TORSTEN LEMME, BERLIN
EINBANDGESTALTUNG HISSMANN, HEILMANN, HAMBURG
DRUCK UND BINDEN CPI – CLAUSEN & BOSSE, LECK
PRINTED IN GERMANY

WWW.AUFBAU-VERLAG.DE